藏地短札

陈劲松 著

藏·地·短·札

北京燕山出版社
BEIJING YANSHAN PRESS

图书在版编目（CIP）数据

藏地短札 / 陈劲松著 . — 北京：北京燕山出版社，2015.12
 ISBN 978-7-5402-4068-4
 Ⅰ . ①藏… Ⅱ . ①陈… Ⅲ . ①散文诗 – 诗集 – 中国 – 当代 Ⅳ . ① I227

中国版本图书馆 CIP 数据核字 (2016) 第 011563 号

藏地短札
ZANGDI DUANZHA

作　　者	陈劲松
责任编辑	陈　雪
责任校对	甄　飞　杜　睿
封面设计	闰江文化
社　　址	北京市西城区陶然亭路 53 号（100054）
网　　址	http://www.bjyspress.com
微　　博	http://weibo.com/u/2526206071
电　　话	01065240430
传　　真	01063587071
印　　刷	三河市灵山红旗印刷厂
开　　本	889mm×1194mm　1/32
字　　数	100 千字
印　　张	5.5
版　　次	2016 年 8 月第 1 版
印　　次	2016 年 8 月第 1 次印刷
定　　价	28.00 元
出版发行	北京燕山出版社　YSP　BEIJING YANSHAN PRESS

版权所有　盗版必究

序言

把高海拔的雪花带回低海拔的生活
——陈劲松散文诗文本简读

□ 黄恩鹏

两年前,我写了一篇研读陈劲松散文诗文本的论文——《对人本价值观或精神品质的坚守——读陈劲松的散文诗文本》,在高校核心期刊上发表。这篇近一万五千字的论文,已然道尽了陈劲松散文诗的文本特质。文章最后,我就陈劲松文本的价值,曾做如下结论:一是能在语言的铸炼中,灌注对现实的隐喻性批判,这种批判不张牙舞爪,而是以唯美"冷抒情"面对;二是在风景面前果断转身,赋予人性的思考,否决"人类中心主义"对自然的斫伤,让写作"离经叛道";三是建立了一套属于自己"个人标签"式的诗艺品格。

这三个判断,应该准确。在我看来,陈劲松是一位有着"纯净"和"孤独"两种境界的诗人。纯净境界——他的文本中有诸多明亮的高原意象:湖水、雪山、月光、鹰隼、青稞、冰雪、花香、麦子。这些自然元素,成为他喻指心灵和生命精神的重要代码,也为文本意境的扩展和意义的生成注进了活性。孤独境界——格尔木,或者说整个青海,写散文诗的似乎只有他一个(我说他代表青海的散

文诗创作,这一点也不过分)。以上两种"境界",决定了他对物象精神品质的把握和对人本价值观的开掘有敏锐的认知,作品呈现了他"劝诫"的美学对现实社会巧妙的批判。

陈劲松出生在安徽砀山,却把自己"流放"到了青海格尔木。从南到北,茫茫荒寒,踽踽独行。他在青海大地,享受着大美的自然神灵的眷顾和爱怜。感知"白头的豹子土地般沉默不语,它藏好自己斑斓的花纹"(《格尔木的春天》)的神圣;感受"一尾红鱼,在石头深处醒来"(《荒原》)的苍凉;感喟"惊雷深埋于天空"(《三月》)的湛蓝;感叹"一场雪在海拔4767米的天空出现,我却无法把任何一朵干净的雪花,带回我低海拔的生活"(《昆仑山口》)的圣美。由此我读到了他的文本呈现冰雪般的唯美:人本纯净的精神操守、追求以及输出的价值观,更多的是对世俗的反抗和做人的坚持,一如诗人所认为的,要做一块"拒绝融化的冰"。陈劲松散文诗的魅力,还体现在他对语言精到的打磨和对人性的隐秘中心的打造上。细致、机巧,有如玉器在握,甫一触之,沁凉、冷肃,久握就会有生命的热量迅速传导其中——这是诗的品格,是青海的品格,是肉体之温与玉器之温达成一致的生命品格。是带有高原气象、冰雪气质的抒写。

我读陈劲松的散文诗作品,大概有三个层面的呈现——

一是纯净的价值观与纯净的精神本质。青海的月亮是照彻心灵的,作为一种精神喻象,有着超越性、丰富性和广延性。"夫精神四达,并流无极,上际于天,下盘于地",精妙概括了自然物象对人精神时空所起的作用。《3点45分的月光》揭橥诗人深夜因病难眠的精神状态:寂寞、孤独、寒冷。"苦艾"是思念的脉息,也是纯净与孤独的味道。"轻移莲步"一词用得极妙,这是月光的动态,也是心灵的动态。让"神"作为一种抽象精神,存在主体之中,随时听见灵境的呼唤。神畅而病除。俗世的药不起作用。那么,没有审美心胸去看待月亮,也同样是"失效的药片"。这是"神机自运"获得的自我调适:"与我一起失眠的那一小片月光,在我枕边,心痛般,谁也无法拿走。"完全契合了苏轼所言的"自然本无常主,见者便是主人"的人生观。其人生体验是一个"精神递进式"过程:身体之痛——精神之医——月光之感——时光之惜。因为月光,诗人孤独寂寞;因为月光,诗人富赡自适。文本中的诸多月光,浸透了他的"东方式"的哲学思考:

> 由一小片的月光开始,我热爱天空中那枚孤独的月亮,它多像一个人被时光吹凉的背影啊。(《今夜,我有幅员辽阔的爱》)
> 回家的人,那枚月亮是他富足的盘缠。(《月夜回家的人》)
> 被无边的苍茫一遍遍锻打过的银币,它的光芒被斟入十万雪山的灯盏。(《荒原上空的月亮》)
> 只有干净的月光在它体内踱步。(《青海湖边的小镇》)

　　自然之圣美,揳进了人的精神。一方面验证宗炳所言的"畅神"之"澄怀味象",另一方面又能将庄子的"物化"审美运用得机巧、灵动、曼妙。他的作品,有许多"神机自运"之精神征象:飘逸,峻峭,幽独,超拔。时间有了具体的形质,精神空间达天入地,生命本态虚极静笃。并能涤除玄鉴,融入灵魂。在《梨花,梨花》组章中,同样以物象"梨花"的纯粹来求证自身生命本态——《想象梨花在夜晚开放》之孤独、傲然、寂静;《梨花把故乡的夜色映浅》之人格操守、品德独立;《镜像:梨花·白马》之美好人生易逝、流变、叹惜等,无不体现对人本价值的探求。

　　二是"劝诫"的美学与批判现实主义。《草不知痛》是写圆明园诗意浓醇的一组。对历史的遗忘和集体价值观的失落,是后现代人的特征,因此这一代人的"心灵重建"是诗人思考的问题。《草不知痛》的"草"从废墟的缝隙里生出来,暗喻从苦难大地诞生的新生代人群,最不该忘记那段屈辱的历史。一个忘记了历史的民族是相当可怕的,也是没有希望的。这章作品这不动声色的批判,也是对一代人的提醒。《养雀笼》写一个王朝因腐朽而垮塌:"那些养尊处优的鸟儿歌声柔软,啁啾呜哢,回荡在一个王朝溃烂的咽喉部位。"昔日光彩闪闪的鸟鸣,不能阻止战火的摧毁。历史的枪炮,不会因为阳光中的一两声清澈的鸟鸣停息,我们仍然会思考那些在鸟鸣中凋败的命运:"在石头上坐下,谁依稀听到滴落的冰凉的鸟鸣,谁就能抚摸到一个王朝还未消散的隐隐的痛。"在《那只低飞的乌鸦》

中,乌鸦之黑与废墟的灰烬之黑,是一个藏着噩梦的警示。"是废墟上飞起的一粒灰烬,还是一百多年前剪下的一小块黑夜?"以"黑"来代替不堪的历史记忆。"黑夜""黑木炭""黑衣"等,喻写记忆的苦难。《火,依然在烧》是这个组章交响乐的再现部,"灰烬"是无法再燃烧的,它丧失掉了燃烧的力量,遗忘正是这种丧失的本态。这组作品体现了强烈的"历史感"。

陈劲松有这样的"散文诗观":"诗歌应该更注意引体向下,让文字能够抵达时代的疼痛。"强调"意义"存在,胜于单纯的个人表层化的小花小草、杂咏抒情。作品外在平静,内里波涛汹涌。一些作品虽短,却似闪电般快捷、有力,直抵事实本质。《一棵树》既有浪漫主义手法,又有批判现实主义立场,更有大的精神意蕴。诗的开始以浪漫的姿态和悲悯的情怀,呈现一棵树的存在是天地大美:"我写到的那棵树:它有鲜花的头饰,清风的披肩。它有露珠的项链,鸟鸣的耳环。"借古人的妙境说,"陡然一惊,正是词中妙境",这美出其不凡。赋树之美,是为后面的苦难做出铺垫。这种美就在人的恶欲下被砍伐、被剥夺生命。他在树身上寄予的是对人类启示性的力量。这种大美体现在将树比喻或拟化、类比高贵的女性,以此求证这棵树的非凡。接下来他写曾经无数遍关爱的"那棵树","它在春天跌倒"——春天本是遍布生机的时光,却是死亡的降临。"一把斧子"将树送到了死亡深渊,凸显时代的沧桑感、悲凉感和疼痛感。过去的时空是绝美的,现在的时空是被残害的。去除了图式化的鞭挞,进入一种

对现实的巧妙质问。他看到的,不止是"一根肋骨",是"更多春天的肋骨正被抽走"的更多苦难,以个体的苦难喻示众生的苦难。"咬着牙关"面对快速的砍伐。树的伤口,有百年的沧桑和时间大河的涛声,有旋荡的清流和岁月的见证。"第一圈"与"第一百圈",从历史到现实,树被一只只罪恶的手斧砍锯伐,是人之罪恶。那么,制造个体苦难者,也会为整个大地制造集体的苦难。诗人将树比作春天的"肋骨",为了凸显人的苦难,所获得的,是迥异于众家的"审美惊奇",是"从灰烬里取回那首诗歌中,词语的白骨"(《纸灰之冷》)之写作殉道精神,虽小叩,却发大鸣。

三是高原的精神征象成为文本的元素。《青海湖》的意象之美让大地的色泽清亮,可以说诗人以"青海湖"来言天地大灵魂之美。诗人运用了蓝、白、黄三色,以油画般的"高光"技巧,将高原的神圣之湖瞬间涂亮,这是诗人超乎常人的喻象手法。在文字的一连串完美组合里,创造着诗的绝美奇诡之镜像:"一滴雨落下。那只停下来很久的白马又开始走动。我猜测:它的体内,一定有一座,开始融化的雪山。"这个结尾出人意料,静中有动,动中有静。我在读这个文本时,思考为什么陈劲松要用"一滴雨""一匹马"和"一座雪山"来作结句。将这三个意象联结一起,是一位诗人所要追求的精神品质!在对意象的把握和意境的铸造上,可以说,陈劲松非常杰出。"意"与"象"是诗文本的生命,也是装扮语言的必需,它能让文字中的"精神性"得以腾跃和展放。

序言

《做一株麦子》是一章人们耳熟能详的作品，被收入了全国的幼儿教材，被众诗家赞为充盈着阳光之作。诗人将"麦子"人格化了，为人生理想与价值取向。语言形象、生动："做一株麦子，在阳光中，向天空亮出自己小小的，绿色的誓言。""在积雪下，叫醒最早的春天！"麦子的品格也是人的品格，从麦子的精神征象里抽取其谦逊的品格也是对理想的探求。这章作品很适合朗诵，其唯美的语言，闪烁心灵的方向，特别是在当代"出了问题"的中国的教育面前，一位诗人用他平静的呼喊，道出了我们应坚守的生命品格。由此我想到当下的新诗或散文诗，太需要一种人格化的集体的人性向善、精神向美的思考，而非那些以不切实际的"历史虚无主义"浸泡孩子美好心灵的作品。《做一株麦子》是陈劲松用"高原"纯净元素创作的精神征象文本的一个很好的体现。这个体现，与恶俗社会的教育方式不同，它的意义在于：诗人的责任，是为我们这个社会输出一个纯美于心灵理想的生命价值观。

文本中还有许多"高原物象"，对人本精神的照鉴：

诸神依然沉睡。白头的豹子土地般沉默不语，它藏好自己斑斓的花纹。一滴雨水，还未给天空松绑。那场风，一张嘴，就说出了漫天的沙尘。（《格尔木的春天》）

轻一些，再轻一些。美，如薄胎的瓷，如瓷质的月光，如月光的背影。远一些，再远一些。别去试图触摸，那大荒原的心跳。（《藏羚羊》）

吹笛人，十指间一截雪白的坚硬的骨头里，拒绝流出

陈旧的阴影,腐烂的嘘叹。(《鹰笛》)

在贵德,每一滴水都是神的幼兽。(《在贵德,问一滴水》)

万物被神放下,谁用秋风独自打扫,身体内的暮色和落叶。(《高原秋日》)

探骊得珠,精短取胜。陈劲松走的是唯美化、精品化路子。每一字,每一句,甚至每一个标点符号,都是精心磨砺,玲珑、圆润,像小琥珀、似小玉器。新近创作的《格尔木的夜》这章仅有四十五个字的作品,具有"小中见大"的散文诗的美学特征:

风磨砺着风的号叫——
格尔木的夜,有金属的胸腔。一个心怀大海的人,他咳出瘦小的海水,
和它的蓝。

许多作品,也是精短。如《三月》《格尔木的春天》《沙枣花开了》《雪山》《高原秋日》《思念》《红柳》等,四两拨千斤,很符合耿林莽先生提倡的散文诗要"小中见大"之精品化创作理念。阅读陈劲松的作品,总有一种如同《音乐之声》那种陶醉的场景:"大地真美"——雪山耸立,草地围绕,山水畅流,天空旋转。生命与自然相遇,"通灵者"再现。我想,青海大地之美,是精神性质的。这个精神性质,需要的,正是陈劲松这

序言

样的诗人,来解读高原的神圣或神秘。我认为,他是一位敢于突破题材限制并有独立思考品格的诗人。他在文本中找到了与生命相联系的敏感触点,不断打磨出思想含量高、隐喻性强的精品力作。

2015年12月10日凌晨,北京

目录 contents

高|原|物|语

三月 / 003

思念 / 004

格尔木的春天 / 005

沱沱河：汲水的少女 / 006

沙枣花开了 / 007

渔水河早春 / 008

红柳 / 009

格尔木 / 010

察尔汗 / 011

在天峻 / 012

昆仑山口 / 013

太阳 / 014

黑牦牛 / 015

藏羚羊 / 016

孤独：虎 / 017

荒原 / 018

日落 / 019

荒原上空的月亮 / 020

独语者 / 021

失眠者 / 022

掌灯人 / 023

鹰翼 / 024

鹰笛 / 025

兀鹫 / 026

上升的雪线 / 027

青海湖边的小镇 / 028

高原无雨 / 029

雨夜 / 030

倒淌河 / 031

雪山 / 032

在夜行火车上仰望星空 / 033

即景：去往温泉水库的路上 / 034

在青海湖，让风吹一吹我 / 035

在贵德，问一滴水 / 036

格尔木的夜 / 037

德令哈西郊的青稞熟了 / 038

高原秋日 / 039

秋分：六行诗 / 040

野沙枣树上挂着去年的果实 / 041

车过哈尔盖 / 042

今夜，我有幅员辽阔的爱 / 043

湟水谣 / 045

一只鸟在暮色中歌唱 / 046

雪落高原 / 047

青海湖畔，大雪中独行的红衣僧人 / 048

放歌的妹妹 / 049

德令哈 / 050

巴音河 / 051

蓝色可鲁克湖 / 052

青海湖 / 055

月夜，与雪山对坐 / 056

清晨，与一匹马擦肩而过 / 057

卓尼·卓尼 / 058

洮河 / 059

酒歌 / 060

遥 | 寄 | 故 | 乡

一棵草 / 063
红枫 / 064
野菊花 / 065
野草莓 / 066
野百合 / 067
野枸杞 / 068
野渡 / 069
纸上的秋天 / 070
窗外的两只鸟儿 / 071
硬座车厢 / 072
深秋，在兰州火车站广场 / 074
东岗西路，一个挑着担子卖核桃的女人 / 075
3点45分的月光 / 076
独酌的人 / 077
月夜回家的人 / 078
春风渡 / 079
你好，春天！ / 080
血脉——致母亲 / 082
旧夜 / 083
核桃 / 084
莲子 / 085
苦杏核 / 086
阿月浑子 / 087
梨子 / 088
新开张的小服装店 / 089
麦子妹妹 / 090
哭泣的麦子 / 091
做一株麦子 / 093
梨花把故乡的夜色映浅 / 095
秋夜听箫 / 096

| 低 | 语 |

甲亢 / 099

疼痛 / 100

胸片 / 101

孤独 / 102

十五楼病房 / 103

心脏彩超 / 104

心跳过速 / 105

圆明园·养雀笼 / 106

圆明园·万花阵 / 107

圆明园·那只低飞的乌鸦 / 108

圆明园·草不知痛 / 109

圆明园·火,依然在烧 / 110

倾诉——致屈原 / 111

风依然在吹 / 112

| 纸 | 上 | 风 | 景 |

梅山:缓慢 / 115

宁静·梅山之夜 / 116

梅山:风雨桥 / 117

我终将回到低处的生活 / 118

蔚蓝 / 119

月光下的大海 / 120

大海边的女儿 / 121

大海是一滴蓝墨水 / 122

九寨沟:干净的海子,那一颗
　颗佛珠 / 123

合作:从夜色写起 / 124

甘南,我的诗人朋友们 / 125

宁静 / 126

小城 / 127

草原 / 128

在岗日尕布酒吧 / 129

我写到的那只蜜蜂 / 130

丹江口水库·一滴水 / 131

太极峡·一只蝴蝶 / 132

丹江口·以热爱命名 / 133

|镜|像|

纸灰之冷 /137

一粒沙 /138

一棵树 /139

琥珀 /141

淘金人 /142

木匠铺 /143

铁器铺 /144

白纸上的雪 /145

白蝴蝶 /146

被梅花重新叫醒的火 /147

点亮雪中的灯盏 /148

想象梨花在夜晚开放 /150

镜像：梨花·白马 /151

逝水 /152

镜像 /154

高 | 原 | 物 | 语

三 月

三月,大地是它怀抱里睡意深沉的雪豹。

细弱的荷尔蒙在激荡。

春风潦草,惊雷深埋于天空。

天际线静默地走向远方。

三月,一个青海男人,他的梦和歌声长出绿色的骨骼。

思　念

　　在这边地,思念着天空垂下的雨丝的竖琴,那琴弦上盛开着的花朵。

　　那花朵是冷的唇,是蜜意的眼。

　　是零落了一地的歌声……

　　在这苦寒的边地,那思念是深深夜色里,一个未眠人诗歌里鼓胀的白帆。

格尔木的春天

诸神依然沉睡。
白头的豹子土地般沉默不语,它藏好自己斑斓的花纹。

一滴雨水,还未给天空松绑。

那场风,一张嘴,
就说出了漫天的沙尘。

沱沱河:汲水的少女

春风里,最先融化的,是她闪动的眼波和歌声。

之后,才是沱沱河松开的腰身。

一只鹰,用翅膀一遍又一遍,擦拭着天空。

水波晃动,汲水少女的陶罐里,瞧!春天正摇摇晃晃地踮起纤细的脚尖。

沙枣花开了

细小,又如此辽阔。

缥缈,却有着金属的质地。

一匹含糖的丝绸,正被古老的春风打开。

渔水河早春

　　阳光踩碎薄冰。
　　岸边的野芦苇,正把陈旧的背影
　　一点点摇碎。

　　银色的鱼群明亮,它们间或地快速游动,让渔水河
怀揣了
　　这个早春的一道道
　　细小的闪电。

红　柳

神的小小的信徒。

海拔 5000 米,红柳站在向阳的山坡。纤细的手指拈住每片阳光。

你沉默,雪山便沉默。
你开口说话,雪山和神便开口说话,
春天便开口说话。

格尔木

一切都只是路过:

流水、风,那些被大风搬动的石头,那些野花寂寞的红,还有那些

被生活搬动的身影……

远处的雪山,它们的秘密正被黑色的鹰们一点点翻动。

格尔木。

我栖身的西部小城,在那个叫康泰花园的小区里,我脆薄的心事正一次次被梦境和诗歌

翻动。

面前的书桌上,亿万年前的那尾红鱼仍在石头里飞翔……

格尔木:一切都只是路过。

察尔汗

盐!

白色的岩流从冰冷的泥土中喷薄而出!

大地袒露内心的洁白!

忧郁的白色覆盖大地。

把火焰和光芒深藏。沉默的盐呵,你让我的文字隐忍,让我的诗歌一点点收起锋芒。

寂寞大地上盛开的花朵呀,它的芬芳深藏体内,就如夜晚的体内深藏月光。

察尔汗。

一大群白色的盐栖落,它们带着察尔汗在黑夜的梦境里起飞。

身体里满布着盐的察尔汗,

你的疼痛被谁留下?

你的幸福被谁带走?

一辆辆满载着白色盐的卡车从察尔汗出发,它们正把天堂里的白,一点点送往人间。

在天峻

大雨泼下浓重的夜色,
最纯粹的宁静滴落下来……
小城伏在草原的膝下,甜美地睡去。
谁也无法叫醒一株被雨水抱紧的小草。呓语般的风走走停停,它轻手轻脚地穿过那个牧人的梦。

停电了,恍惚的烛光把小城摇成另一株雨中的小草。
隐隐传来的几声狗叫,加深了这个雨夜里俗世的苍凉。

此刻,在天峻,小城的宁静就是整个草原的宁静,而那个失眠的旅人,他的孤独就是整个草原的孤独。
如果他在薄薄的睡梦中回到了故乡,那么,他的幸福就是整个人类的幸福!

昆仑山口

夏天突然被一片雪折断。

海拔 4767 米。

白色的羊群安静地从山坡上下来。

雪大起来时,它们就是大朵大朵的雪花了。

几只白色的牦牛停止走动。在雪停下来时,它们会不会和背上的雪花一起化掉?

昆仑山口,鹰是穿着黑礼服在天空踱步的绅士。

这些坚硬的石头,只有它们,永远在我的诗歌里飞翔,不会融化!

7 月 21 日。

一场雪在海拔 4767 米的天空出现,我却无法把任何一朵干净的雪花,

带回我低海拔的生活。

太　阳

永恒的孤独者！

背对众神，独自燃烧头颅。

此火为大，焚烧黑色的沙尘，四万五千平方公里，金色的箭矢密植于大地。

绿萝花举起冷的火，细小而瘦弱。高车远去，唯诗篇里留下它喑哑的声音。

正午。兽迹难寻。

而此时，额顶宽阔而洁净的阿波罗，
众神仰望的阿波罗，
驾火焰战车的阿波罗，
于此打马经过，逡巡于富足的荒凉。

一袭紫红的袈裟，正匍匐而行，背负着天空，那灼热的蔚蓝色羊皮经卷。

黑牦牛

雄性的风,荷尔蒙旺盛,肾上腺素激增。浑浊,粗粝,奔突在高原。

浓墨写意的乌云,情欲鼓胀,垂下雄壮的男根。

风雨锻打过的黑石头,蹄音如铁,打开青铜的旷野。

安静时温柔如雨滴,愤怒时怀抱着沸腾的岩浆,成为狂奔的火山。灼热的鼻息,激荡起狂野的涡流。

黑瞳孔,安放下四万五千平方公里的狂野与温柔,荒凉与孤独。

藏羚羊

风吹草动,有易碎的慌张逃向远处。

枪声贪婪,欲望的硝烟还未散去。

黑色的枪口下,

高原颤抖,

一双美丽的大眼睛里,结满恐惧的阴霾。

轻一些,再轻一些。

美,如薄胎的瓷,如瓷质的月光,如月光的背影。

远一些,再远一些。

别去试图触摸,那大荒原的心跳。

孤独：虎

太阳静静燃烧，万物忍住灼痛，咬紧牙关。

这样的时刻，我愿意腾空身体，在体内养虎为患。

让它在我肋骨的栅栏内踱步，步履雍容，它就是我高贵的王！我则如一棵听风的小草，按下心中的雷霆，沉默不语。

它低吼，我拨响骨节应和它。

它撕咬我的皮肉，我安然享受那份独属于我的疼痛。

它在我体内奔突如地火，我愿意成为它的灰烬。

它的条纹如此醒目，如此惊心，我也愿意披上那斑斓的鞭痕。

我拒绝那只虎走出我的身体！

如果它走出，我就只是一副空空的皮囊。

荒　原

　　雨滴瘦弱，喉咙里塞满沙砾和太阳的芒刺。
　　瘦弱的雨滴死在远方。
　　瘦弱的雨滴是枣红色野马群的蹄音。
　　风是西绪福斯，滚动着荒凉的雪球。
　　风，滚动着自己。

　　大风起兮。
　　大风是这绝地的王！
　　孤傲的风的狮群，扬起长长的凌厉的鬃毛，猎猎如旗。

　　冰川：亿万年前海的背影，凝固的涛声，如冷的谜。
　　一场又一场的大风雪，是一匹过隙的白色马匹。
　　一尾红鱼，在石头深处醒来。

　　诸神沉睡。
　　那静静的白头雪豹土地般沉默不语，它藏好自己斑斓的花纹，秘不示人。
　　雷声隐隐，神殿里传出的六字真言，打开苍凉的天空的枷锁。
　　谁在侧耳倾听，谁就是一颗柔软的雨滴。

日 落

持烛者放下赞歌,走下高地。

金色的灯盏将熄。

暮色垂落大地,是倾泻而下的飞瀑,还是金色的箫声?

是徐徐垂落的黑丝绒的帷幕,

还是深绿色的湖水?

——就要溢出来了,这湖水将抱紧每一棵云松和它针状的尖叫。

每一棵小草都头顶着一丝苍凉,它们惯于沉默。即使现在粗粝的风吹来了,也敲不响它们胸中的鼓。

花朵沉默,它们用明亮的花香把这个尘世擦拭了一遍,又擦拭了一遍。

荒原上空的月亮

  被无边的苍茫一遍遍锻打过的银币,它的光芒被斟入十万雪山的灯盏。
  草木褴褛,安于宿命。
  一条波光粼粼的河流是打开的月光宝盒,这些银质的、冰凉的月光正从雪山的杯盏中流出。
  如果没有人看到,这逝水般的月光就将白白流淌。
  星辰寂寥,是疲惫的霜粒,又冰冷,又温暖。

  风吹月光,是一种轻抚摸了另一种轻。
  是一种苍茫,抚摸了另一种苍茫。

  星河低垂,荒原静默,万物颔首低眉。
  天空中那枚密纹唱片,
  正兀自空转……

独语者

琴弦孤独。

冷的音符,飘落一地。

高原凸起,是釉色深沉的坛子。

暮色的袍子,苍凉,细腻,华贵,覆盖着高地嶙峋的寒意。

雪山起伏,那汹涌的潮音被谁听到?

一棵在风中垂首的小草,在往事的风中起起伏伏,喃喃自语。

失眠者

万物入梦。

一朵铅灰色的云,在天空辗转反侧。

它怀抱着温柔的雨滴、雪花、风暴,还是梦魇的闪电?

月光也无法看透它。

被风挟持,它变幻着自己的形态,让孤独与疼也有了形状。

它疲惫的影子被月光投向大地。

这夜空中唯一的一朵乌云,它像一粒盐,从天空中析出。

此刻的高原,三十层楼上,一个倚窗而立的男人,是另一粒饱含着咸涩和孤独的盐粒。

掌灯人

掌灯人有风的袍袖。

掌灯人有干净的手指。

神殿里的灯盏,青铜的时间。火苗打坐,稳如山峦。

光芒弥散。

黑暗的尘埃落定。

掌灯人有明净的前额。

他默诵经卷,掩下无边的叹息。

掌灯人骑白色马匹,打马经过苍穹。

掌灯人把雪山之灯一次次拨亮。

一场又一场的大风雪,就是掌灯人的背影。

鹰 翼

鹰翼薄如刀。
含着凛冽的寒光,隐忍不发。
悬于天空,
悬于我们头顶。

更高处的阳光和风见过,
更高处的阴云和暴风雪见过,
更高处的闪电,叫它:兄弟。

鹰　笛

　　被一场场暴风雪反复打磨过，一截骨头，放下羽翅，放下俗世和肉身。
　　二月，天空喑哑。
　　鸟声寥落，寡淡无味。

　　高亢如云，一曲金属质地的旋律，激荡在天空蓝色的胸腔。
　　不是排闼而来的列马群的蹄音，它孤单响起，找不到应和。

　　吹笛人，十指间一截雪白的坚硬的骨头里，拒绝流出陈旧的阴影，腐烂的嘘叹。

兀　鹫

在高原，除了散淡的白云和风，没有谁比它脚步更从容。

它翻阅天空的蔚蓝和阳光，也翻阅布满天空和大地的雨水和暴风雪。
它也是死亡的翻阅者。

在天空中打坐。
它的沉默，比死亡更安静。
它的飞翔，比死亡更古老，
更缓慢。

上升的雪线

一退再退,像一次次回首的白色豹子。

胸中有隐隐的咆哮,埋着不甘的风雷。

圣殿的白色帷幕慢慢掀起,暗色的石头满脸忧戚,袒露大地的伤疤。

冰川消隐,河流遁去。

疮疤遍布,谁咬牙忍住疼痛。

人群被浑浊的风蛊惑。

在狂躁的人群面前,狼群、棕熊、雪豹、野牦牛被恐惧驱散。

雪线像一条战栗着的哈达,一退再退……

青海湖边的小镇

一只落在湖边的水鸟,它藏起人间的烟火和无边的凉意。
是湖水里最先安静下来的那朵浪花吗?
秋风止息,鱼群停止飞翔。
只有干净的月光在它体内踱步。
雪山雪山,那些在暗夜里迷路的白色马匹,此时,它正奔跑于谁的梦中?

无边的草原上,你是那朵正抱紧自己小小芳香的花。
谁醒着,谁就拥有这小小的芳香的俗世。

再静一些吧,哦,此时,你就是一滴小小的寂静,
而青海湖,就是更大的那一滴。

高原无雨

雷声隐隐:
它起自一颗石头的内心。
留言般的风,在沉沉的夜色里被闪电指出。
喊渴的小草,努力挺直身子。
它细小的嗓音,比一滴雨水更凉。
格尔木。那个独坐的男子,他孤独的背影就是一株小草的背影。

雷声隐隐。
它起自一个孤独男子的内心。
"雨什么时候来呢?"
他是一滴最初的也是最后的、孤儿般的雨水。
高原无雨。
雨在路上。
那个男子,内心潮湿。

雨　夜

　　闪电低垂，明亮的鞭子抽打天空中的花园。
　　——修辞已被用旧，年轻的诗人脸上落下沉沉的暮色。
　　雷声淘洗淤满泥沙的耳朵。

　　雨还未来。
　　天空布满锈迹，
　　谁来清洗？

倒淌河

快一些,再快一些,你缓缓的脚步就可以追赶上垂落大地的暮色。

一个纤弱的女子,平静西行。

不激荡,不喧闹,你平静的脚步如何深藏起满腹的惆怅?

察汗草原,草色苍茫,黄了又青,像是谁模糊或是清晰的背影。

夹岸而开的花朵,是热闹而静寂的仪仗。

唐蕃古道上,那些静静开放的马兰与格桑,多像一声又一声唐朝传出的呼唤。千百年了,你却依然没有回过头来。

雪　山

是夜航的白帆船?

是白色的马群?

是神殿里不熄的灯盏?

不倦的掌灯人,额际明亮。

那一场场的大风雪,是他扬起的袍袖?

在夜行火车上仰望星空

星群在夜空奔跑。

这群提着灯盏的孩子,他们用小小的光亮推开了一点点的夜色。

那个失眠的旅人,他用什么才能推开心里的黑?

列车行进。

这孤独的马匹,它与静默的雪山、满腹心事的湖水以及那些褴褛的草木擦肩而过。

它奔跑于荒原,

也沉闷无息地奔跑于一个男人的内心。

哦,苍老的夜色里,那个在列车上仰望星空的失眠的旅人,他的孤独大于整个荒原的孤独,而小于

天际那颗小如尘埃的星辰

暗蓝色的孤独。

即景：去往温泉水库的路上

那条少有人至的便道像无边的寂静裂开的一条细小的缝隙。

一条小溪，是寂静抽出的一条干净的丝线。

阳光纯净，为孤独镶上明亮的金边。

鹰在天空打坐。

它翻阅阳光、雷霆、雨水、暴风雪。

它也翻阅辽阔的苍茫和宁静。

山坡上的雪莲花是小小的旅行者，在纯净之地散尽疲惫的香。向雪线之上攀援，那座雪山就是它耀眼的金冠。

几朵白云，是鹰的侧影。

此刻，除了风，没有谁比它的脚步更轻，更从容。

在青海湖,让风吹一吹我

　　自亿万年的高处流淌而来。

　　吹拂过繁茂的鱼群,吹拂过震旦纪一滴大水蔚蓝色的门扉。

　　吹拂过亿万个黑夜与白昼——那些薄薄的、铜质的时光的书页,悄无声息地被翻了过去。

　　大风摇响野花,环佩叮咚,那些青海湖佩戴的璎珞,怀抱着春风古老的颂词。

　　天空静默——

　　蔚蓝色的经卷上,镌刻着永恒的箴言。

　　雪山不熄,那一盏盏神的灯盏,照亮古老的神殿。

　　在青海湖,让风吹一吹我。

　　让风吹走我心上灰暗的尘埃和锈迹,让风剔除我胸中陈旧的阴影和腐烂的嘘叹。

　　让大风吹我,吹我雪白的骨头里埋下的喑哑的雷霆和瘦小的火焰。

　　让雷霆炸响,把火焰拨亮。

在贵德,问一滴水

在贵德,每一滴水都是神的幼兽。

它们都有着发亮的毛发、干净的脚掌,清澈而好听的低低的吼声。

奔跑,腾跃,一滴水追逐着一滴水,一条河流拥抱了另一条河流。

一滴水是另一滴水的情人。

一条河流是另一条河流的背影……

黄河岸边,一群人从下游而来。他们水滴般雀跃,用清亮的涛声,他们一次次试图洗净血液里的泥沙。

(一个孩子,清澈的眼睛看到了下游浑浊的中年、暮年……)

大河东去,每一滴水都驾长车,高举着理想的火把,憧憬的火焰照亮每一滴水星宿海般干净的眸子,和它们蓝色的梦境。

多少青春的白马车波涛般涌向了远方呵……

一滴清亮的水,从贵德东向而行。在九曲环折的路上,要穿过无尽的激流、险滩,可它要怎样才能推开身边浑浊的泥沙,拒绝被裹挟,而守住最初的出发时的清白?!

格尔木的夜

风磨砺着风的号叫——

格尔木的夜,有金属的胸腔。一个心怀大海的人,他咳出瘦小的海水,

和它的蓝。

德令哈西郊的青稞熟了

  随风起伏的,是被风雨锻打过的流动的黄金。
  一束束的太阳之芒,照亮月光下的小城,她们用干净而健康的芳香,喂养小城与诗歌。

  南风衔来雨水的鸟群,
  镰刀也已被南风磨亮,
  德令哈西郊的青稞熟了,那些孤独的籽粒已经饱满,
而那个以梦为马的人,已被诗歌抬入不朽的太阳。

高原秋日

秋日行进,斑斓的豹子收获绚烂的山河。
流水放慢脚步,它带来缓慢而辽阔的时光。

万物被神放下,谁用秋风
独自打扫,
身体内的暮色和落叶。

秋分：六行诗

秋风高扬，草木怀抱火焰，
低下头来。

天空又高了几分，
　一个人内心的苍茫，
　又辽阔了几分。

野沙枣树上挂着去年的果实

小小的鼓槌,敲响过去年的秋风。
而现在,
它是喑哑的。
像树下那个沉默不语的人,用浑浊的酸涩,
抱着一颗,
又硬又冷的心。

车过哈尔盖

这个小小的车站,栖着忘记了飞翔的马群,和被星群踩低的夜空。

失眠的鸟群,它们拥住蚕豆般大小的温暖。

二十年前穿透诗人胸膛的风,它们现在正从那一堆堆等待运输的煤中穿过。它们是想如当年取走诗人胸中的火那样取走那些黑色煤块中的火苗吗?

哈尔盖,群星璀璨,这一盏盏微凉的灯盏,在今夜,等待谁去认领?

今夜,我有幅员辽阔的爱

由一片雪花开始,我热爱所有游移的灯盏,它们用小小的光芒,照亮了每一条漂泊的路。

由一棵小草开始,我热爱远处辽阔的草原,它们既小心地藏好每一颗露珠,又安放好了闪电的灯盏。

由一豆摇曳的烛光开始,我热爱这茂盛的人间烟火,它们既搭救了一个人内心的寒冷,又搭救了横行人间的凉。

由一小片的月光开始,我热爱天空中那枚孤独的月亮,它多像一个人被时光吹凉的背影啊。

由脚下的这一小块土地开始,我热爱这 250 余万平方公里的荒原。我热爱它 250 余万平方公里的寂静,也热爱它 250 余万平方公里的荒凉。

由 250 余万平方公里的荒原开始,我热爱我 960 万平方公里的祖国,我爱她黄土的肌肤,也爱她大山的脊梁。我要用月光干净的手指一平方厘米一平方厘米地去爱它,我要用春风的手指一平方厘米一平方厘米地去爱它……

由这个冬夜开始,我热爱生活着的每一天,既热爱每一个白天,也热爱安放了我睡眠与梦的每一个夜晚,如果加起来,我是否就拥有了双倍的热爱?!

  今夜,我有幅员辽阔的爱,我要给我的每一首诗歌,都佩戴上这枚,叫作热爱的徽章!
  哦,我的爱,它远比这首诗歌更值得这苍凉的人间珍藏!!

湟水谣

湟水向东,一个男人向西。
一个走下青藏。
一个走上高地。

他们的脚步都时缓时急,他们都怀揣着大朵的浪花和歌声。
他们的歌喉,
都泥沙俱下,
浑浊而粗粝。

逆向而行:他们互相是对方的背影?!

一只鸟在暮色中歌唱

暮色垂落高原。
一只鸟儿独自歌唱着,歌声里有无边的凉意。
这得不到应和的歌声,像把空茫
又还给了空茫。

那只鸟儿,一遍遍独自歌唱着(抑或是被涂上了金色的悲鸣?)
高原辽阔的苍茫,正被它一遍遍复述。

雪落高原

像一个突兀的情节,一场白色的风暴袭来,来不及脱逃的人,还未吐出一句诅咒便已深深陷入。

把自己藏好,急匆匆地突围。

他们把自己藏得多么好,像这个正被遮蔽的世界。

谁能把真相还原?

这被篡改的世界,一块白色的橡皮,正试图擦去大地上的黑暗与坎坷,腐烂与腥臭……

一场风暴的内心,谁擎起倾斜的天空?

谁佑护好膝下的花朵、高原,梦境和春天?

青海湖畔,大雪中独行的红衣僧人

湖水就要关上蔚蓝色的门扉。
细颈的黑天鹅留下干净而珍贵的歌声,去了南方。
枣红色的马群俯首,它们把头埋在了记忆的炭火里。
布哈河沙柳河越走越慢,巨大的鱼群失陷于虚构的春天。

大雪中独行的红衣僧人:
一蓬沉默的火
背负着天空——
那苍黄的经卷。

放歌的妹妹

向西——你的歌声把我牵向白云与积雪的高处。

用澄澈的歌声,收留整个荒凉的高原。

那飞扬的歌声,就是一朵朵永不凋谢的雪莲呵。

大野茫茫……

放歌的妹妹,我看见你率领大群大群的牛羊,向着幸福一次次迁徙。它们的毛色发亮,这让我再次想到了幸福的光芒。

谁在说——翻过前面那座雪山,就是春天。

用歌声漂洗内心的忧伤和泥泞。放歌的妹妹呵,你的舌尖于婉转缠绵里,绽放

大朵大朵的雪莲。

德令哈

把粗粝的风还给戈壁,
把寂静还给寂静,
把细小的涛声还给巴音河,
把一场适当的雨还给一座高原小城。

在今夜,把一首诗歌的中心位置还给十年前那个穿白色连衣裙的女孩。

比夜色还凉,这些赤足的孩子,把高原的天空一点点踩低。
细小的风吹过,它要用多大的力气,才能帮睡梦中的小城翻个身?
车灯幽暗,有老旧的邮车安静地驶过。
恍惚中,谁恍如一位老邮差,正把自己寄往那逝去的时光……

巴音河

那么多的石头仍在倾听,而我是其中的一块。

静默着,期待着一朵浪花能再回到我多年前那首诗歌的标题部位。

流水仍在歌唱。

一只水鸟掠起,这只幸福的鸟儿,它的飞翔被流水的歌声淋湿。

(那只水鸟是另一块倾听的石头吗?)

它的歌声被流水重复,

还是它在重复流水的歌声呢?

在河滩上坐下来。

阳光也坐下来。

流水带走了一切吗?七年前那个一袭白色连衣裙的女孩呢?河滩上的花朵,它炽热的唇已无法说出七年前的故事了。

河对岸汲水的妹妹呀,你脆亮的笑声涟漪般在河水中绽放,并被流水带走。你的美丽却被我的文字留下。

这本是一首写给一条河流的诗歌,可河对岸那个汲水的妹妹,终于改变了这首诗的走向。

蓝色可鲁克湖

1

一层层的波浪之间,

谁在叠加

　　　纯粹的蓝色。

情人的眼波般干净、明亮。

2

蓝色加上蓝色等于什么?

一群在水里飞翔的鱼加上一群在蓝色天空中游泳的白色鸥鸟等于什么?

一大群涉水而来的芦苇加上远处闪动神性光芒的雪山等于什么?

那些细密的蓝色的波浪全部相加又等于什么?

这一切相加之和,是不是等于

　　　梦境?!

3

是芦苇在拥抱可鲁克,

还是可鲁克在拥抱那些因感恩而把舞蹈献给远处雪山的芦苇?

这是一个简单的选择题。

芦苇丛中众多的鱼群把这样的问题交给那些白色的鸥鸟们来回答。

鸥鸟低飞。它们用脆薄的歌声正把这一切温柔地抱紧。

4
透明的风轻轻打开,
风的衣衫是丝质的。
它的心事呢?
那群放轻了脚步的游人的心事呢?
可鲁克湖送给每个人的心事都是水质的,而颜色
　　　都是蓝色的。

5
那么多的车辆驶来。
他们都把车停在离水最近的地方。

如果能在蓝色的湖水中抛锚,因为美丽而误了行程,也是幸福的呀!那个跳进水中的司机是在说给可鲁克湖听吧……

6
那只白色的鸥鸟守住一个最大的秘密。

它是远处雪山拒绝融化的一块冰吗?

它的表情与可鲁克的表情一样:温柔,却冰冷。
它的鸣叫是热烈的,白色的炭火般布满可鲁克。
如果可以,请用诗歌的手掌
        捧住一粒吧。

青海湖

这巨大的杯盏!

它盛满 4583 平方公里的蔚蓝!

它还盛满飞翔的鱼群、时光里的盐,以及十万场前来敲门的暴风雪、百万朵野花绽放的香……

蜂群飞翔,这些黄金的骑士,它们把湖畔燃烧的油菜花,正驮向微凉的天空。

远处的雪山——

那么多已亮了千万年的灯盏,它们寂寞的光芒

正由那个红衣僧人一遍遍念诵。

牛羊们神态安详,它们的体内,都被神安放了一小片安静下来的涛声。

一滴雨落下。

那只停下来很久的白马又开始走动。

我猜测:它的体内,一定有一座,开始融化的雪山。

月夜,与雪山对坐

月光皎洁,窗含白头的雪山。

从窗口望去,雪山明明灭灭,像闪烁着欣喜的眼神。

与雪山相对而坐,减去那些薄薄的夜色,减去那些轻微的声响、呓语、梦魇、KTV 的歌声。

减去这个喧嚣而浮躁的尘世!

与雪山对坐,我们之间隔着一小截的月光和流水,看似咫尺,却是天涯。

月光纷纷扬扬,是银质的雪,是弥漫着的洁白的虚空。

清晨,与一匹马擦肩而过

青海湖畔。

我靠着火车的车窗,刚从一场梦中醒来。

而它,静静地立于铁轨的隔离栏外,雪白的身上披着一层薄霜,大眼睛里结着浓重的寒气。

不嘶鸣,不奔跑,它就那么安静地站着,像神雕刻的一座小小的雪山。它体内,停歇了多少场的风霜雨雪,闪电与雷霆?

风吹草低,衰草接天,头顶着苍茫,那些草多像一群悲壮的诱敌深入的战士,正把秋天引向更辽远的深处。

与一匹马擦肩而过。

只是一瞬,瞬间即永恒。

马群俯首,而一匹抬起头来的马多么孤独。看着一列火车飞驰而来,又呼啸而去。目光相接的刹那,我看到了一匹马眼睛里深埋着的寂寞。

卓尼·卓尼

那被马兰格桑环绕的,是你。

微风吹过,你是被无边的花香抱紧的花蕊,柱头上微微的战栗里,藏着幸福的闪电。

那被风雨和阳光翻阅的,是你。

翻阅你头顶的蓝天,翻阅你肩上的雪山,翻阅你膝下的草原,也翻阅你怀抱里的大峪沟、石门峡、阿子滩……那一处处的人间秘境。

雪山起伏,如静默的狮群。

那激荡的暴风雪,是你雄性的荷尔蒙。

星辰的六字真言,镌刻于你的夜之琥珀杯盏,干了吧,让我们饮尽此刻的夜色

——那宁静·沁凉的琼浆!

洮　河

洮河向东，流水带走英雄的背影。

大浪淘沙，一条河怀揣着大朵的浪花和歌声，是十万卓尼儿女的歌喉，流水的微音高举起干净的颂词。

洮河向东，两岸是她茁壮的儿女：

油菜吐黄，麦子与青稞擎起金色的太阳之芒……众多优秀的植物和扎西、卓玛一起健康长大。

洮河向东，流水的琴弦上眠着青稞美酒般醇厚绵长的岁月。

酒　歌

怀抱甘冽的火焰，指出人间珍贵的欢愉。

这粗粝而细腻、脆薄而坚韧的，是太阳与月亮的杯盏，斟藏地如酒的岁月。

酿寂寞为狂欢，酿苦寒为温暖。

酿冷雨为琼浆。

将悲欢离合深深窖藏……

在藏地，打开生活的坛子，为你斟满的，永远是飞舞的哈达、悠扬的弦子、热烈的锅庄。

干杯！美丽的马兰与格桑。

干杯！善良的扎西与卓玛。

干杯！那天堂里的卓尼！

遥 | 寄 | 故 | 乡

一棵草

九月。

季节途经的路上,秋天无法绕开一棵草。

珍藏起绿色的祝福。那棵草,深深地低下头去。

这面向大地的沉思者!

秋风的微语中,一棵草开始黄起来,然后是更多的。

那棵草,多么像一位诱敌深入的战士,把这个秋天正一步步引向更辽远的深处。

红 枫

谁的手掌,高擎起灼灼的火焰。

热烈的火,在秋天深处,红痛我的视线。

像一群红色的蝴蝶,以火焰的姿势翔舞。

一棵燃烧的树!

面对那棵将秋天点燃的树,我已沉默了很久。

我如何才能像一棵树那样点燃自己?

剖心为灯。我又怎样才能点燃叶片般的十指为烛,温暖地走过渐已凉起来的秋天和飘雪的冬天,让自己抵达远处的春天?!

野菊花

除了我,以及那阵把脚步放慢的风,没有谁会注意到他,矮小、瘦弱,满面灰尘,这个远道而来的孩子,他赤着的脚比秋风更凉。

绕过那些面色阴沉的寒霜,命运的北风里,这个挣脱了秋风的孩子,提着黄金的灯盏,他用细小的光芒,正努力搭救

被荒凉打劫的高原。

野草莓

春天的野孩子,赤着脚在大地上奔跑。

环佩叮咚,一棵野草莓,戴着露水的珠链,身后撒下水晶的足音。

万物合唱,野草莓抿着细细的红唇。

那个穿着红色衣服的少女俯下身去,在一片片绿叶的背后,她看到一朵又一朵的惊喜正在绽放,仿佛是这个春天细小的心跳。

野草莓熟了。

无人采撷,这小小的果实,抱着满腔的甜蜜或酸涩,无人诉说。

野百合

"野百合也有春天……"

有人唱道。

野百合不语,她们扇动着斑斓的羽翅,在春天里飞。

寂寞山谷里,临水照镜,她们的美被溪水明净的眸子看见,她们的芳香被寂寞的风珍藏起来。

汲水的少女,俯下身去。

陶罐里盛下盛大的春天!

野百合在晃动的水波里踮起脚尖,万物在水波里踮起脚尖。

春天生出幸福的眩晕。

野枸杞

  枯瘦的手指,握不住一丝的暖。
  无边的秋风,埋下多少浪迹之路。
  秋风的唇,冰冷,薄如刀刃,却无法吹灭那一盏盏瘦瘦的红灯笼。

  猩红的眼睛,明明灭灭,那欲言又止的眼神,谁能读懂?
  诗人说——
  死亡是一杯苦味的汁。亡灵的手指,摇不响,一串喑哑的铃,那些红色的寂寞,你
  想说些什么?

野　　渡

野渡无人。

风从何处吹来,没有方向,走走停停,像谁清薄的背影。

河水消瘦,流水已无法弹出脆亮的弦音。

荒草萋萋,掩住一条细细的小径。

几声冰凉的雁声滴落下来……

一只木船兀自老去。

那个精赤着上身的舟子呢?那飞扬的渔歌呢?

那热烈如火的眼神呢?

那个羞赧如花的女孩呢?

除了秋风,没有谁从河对岸归来。

村口的桐树下,那双等待的眸子里,秋色渐渐浓重。

纸上的秋天

秋天薄成了一页白纸。
花朵、蝉鸣都已被谁拿走。
河流消瘦下来,直至瘦成白纸上的一道
折痕。

一只鸟正从这个秋天逃离,
它的速度快过了一枚黄叶坠地的速度。
雪白的纸上,一丝秋意
渐渐浓重。

窗外的两只鸟儿

飞翔如花,它们是天空蓝色的衣衫上,最早解开的那对纽扣。

依然有些料峭的春风,无法吹灭两粒燃烧的小小炭火。适当的寒风,只会让它们身体里的火,烧得更旺一些。

它们在天空嬉戏、追逐,说着绵绵的情话。

偶尔也会停下来,落在我窗外的树上,交颈而歌。

在枝头上,它们紧紧依偎着,头挨着头,肩并着肩,像两颗,怀抱着满腔甜蜜的小小的果实。

硬座车厢

当我写下：凌晨3点45分！

一列夜行的火车多像一只小小的拉链头，它飞快地把浑圆的夜色拉开，随即又拉上了。

当我写下：车窗边空虚的空酒瓶！

列车轻轻摇晃，摇着满车歪歪扭扭的远行者，摇着这睡姿各异的瓷器。

当我写下：一杯慢慢变凉的苦茶！

梦中人的舌根犹在发苦，睡着了，那梦仍泡在冰凉的苦茶里吗？

这杯茶水的温度是否比窗外的夜色还要略凉一些？这满车拥挤的梦有谁的比这杯茶水的温度略高一些？！

当我写下：行李架上流浪的行李！

这些破旧的粗布被褥，在远方城市冰冷的工棚中，它将为那么多小小的梦想，铺开一个两平方米的床。

当我写下：失眠的劣质烟头！

车厢的连接处，它那么清晰地加深了一个男人的孤独与忧伤。

当我写下：座位下那个蜷缩着睡去的孩子！

当我写下：这严重超员的硬座车厢——

劣质的白酒与烟卷。发硬的面包。

蓬乱的头发。塞满泥土的指甲。崭新的布鞋。

细微的咳嗽与呓语。发酵的气息……

座位下，过道中，洗脸池上，谁能把身子与梦想一起放平？

在这个夜晚，谁能拿走火车"咔嚓咔嚓"的脚步声，然后让它怀里的人都能安然入眠。

深秋,在兰州火车站广场

秋风吹拂万物,也吹拂一群落叶般漂泊的旅人。

在兰州火车站广场。夜色里,浓重的秋意压不住一个孩子的呓语。他蜷缩在售票厅外。在这个夜晚,他拥有的温暖并不比那枚被秋风带走的一小片落叶多多少。

一个醉酒的汉子脚步踉跄,他是在模仿跌跌撞撞居无定所的秋风吗?

秋风吹拂万物。

它为广场上那么多的旅人带来不远处黄河浑浊的气息,它也为那些旅人带来异乡后半夜刺骨的寒凉。

路灯失语,它将几个低头踱步的背影胡乱地涂在地上。

列车进站
——那个绿色的邮箱,它将把那些漂泊的身影邮向何方?

秋风吹拂万物。
瞧!它正把那些旅人的背影落叶般吹薄,吹凉。

东岗西路,一个挑着担子卖核桃的女人

  我把她破旧的衣裳看成是母亲的,
  我把她花白的头发看成是母亲的,
  我把她微驼的背看成是母亲的,
  在东岗西路,我也把她的沉默看成是母亲的。

  一群穿制服的城管过来时,我把她的慌张看成是母亲的,我还要把她挑起担子奔逃而去的背影看成是母亲的。
  哦,她担子里挑着的生活和苦涩,我也必须要看成是母亲的。

3点45分的月光

寂寞高悬。
孤独有着白霜的颜色。

天空中那枚失效的药片,清凉,微苦,有苦艾的香。
它无法安抚:
那个思乡的异乡人一声又一声被压低的细密的咳嗽,和他胸口思乡的痛。

绕过低垂的星河与一首唐诗平仄的韵脚,轻移莲步的月光,它在今夜加深了谁的孤独与落寞?
与我一起失眠的那一小片月光,在我枕边,心痛般,谁也无法拿走。

3点45分。
谁拧开了月光的水龙头?如果没有人醒来,这逝水般的月光就将白白流淌。
谁在此刻陷入睡眠,它就是谁
溃散的时光!

独酌的人

星辰清澈,是露珠沁凉的姐妹。
花香清澈,是月光缥缈的影子。

歌声沁凉,寻不着那只倾听的耳朵。独酌的人,单薄身影被微风吹得凌乱不堪,如写满乡愁的泛黄的书页正被秋风翻阅。

举杯邀月。
独酌的人,饮下孤独的花香。
独酌的人,饮尽无边的清辉。

天空中那片密纹唱片,兀自空转。
独酌的人,你是否看到了那伤口般的刻痕。
你又能否听到那伤口般的刻痕里藏着的歌声。

月夜回家的人

　　回家的人，那枚月亮是他富足的盘缠。
　　月色里，他拥有着数不清的月光的银币。
　　急切的脚步哗啦哗啦蹚响如水的月光。
　　微风送来熟悉的蛙鸣与稻谷的香气。鸡鸣是熟悉的，犬吠是熟悉的。干净的星空是熟悉的，潮湿的土地是熟悉的。
　　那些被潮湿的大地安放的身影与巢窠，也是月夜回家的人所熟悉的。

　　星空潮湿，月光潮湿。
　　一只鸟儿
　　正背负着潮湿的命运回巢。

春风渡

三月,春风有柔弱之美。

干净的足音遍布大地。

她吐出残冬陈旧的阴影和腐烂的嘘叹,暧昧的天空渐渐明朗。

春风柔软,是一匹发亮的斑斓的丝绸。

草长莺飞,万物合唱。

诗人推开窗子,他那颗心多像一颗雀跃的种子呵。

在雪白的稿纸上写下绿色的诗行。

他爱极了春风提着柔软而绚丽裙角,轻手轻脚走来的模样。

你好,春天!

你好!那个满头大汗的荷锄的农人,在他的心里,一定有一块,刚刚解冻的酥软的土地。

你好!那阵急匆匆跑过来的风,它用上气不接下气的温暖,置换了我们心里残存的那一小块的冷。

你好!那个消失的雪人,有谁知道她藏在了哪里?她是在和春天捉迷藏吗?

你好!那条把脚步一点点放快、把歌喉一点点打开的小溪,再把脚步放快一点,你就走在了春天的前头。

你好!房檐下的那根冰凌,这根冬天最后的、绷紧的冰冷的神经,已慢慢松弛下来。哦,那些流下的水滴正向春天加快了它们透明的脚步……

你好!那条在泥土里伸了一下懒腰的蚯蚓,它多像一小节通往春天的轰隆隆的地铁。

你好!那根在风中抖动的树枝,它多像一根春天的指挥棒,只挥了一下,这个世界便该绿的绿了,该红的红了。

你好!那棵最早从泥土里露出头来的小草,你让那个沉默了整个冬天的诗人如此惊喜:瞧!春天正从地下射出它绿色的光芒!

你好!那些从春天那里领回芳香和歌喉的花朵,这些

脚步匆匆的花儿是在赶赴一场春天的音乐会吗?

你好!那条从冬眠中醒来的小虫子,这春天的巨大的温暖,你只享受一丁点。

你好!我漂亮的、花朵般的女儿,你的脚步走得还不够稳,这像极了这个蹒跚而来的春天……

你好啊,春天,我如此急切地向你问好。

我要赶在最早开口的那朵花向您问好之前再次说出:

你好,春天!

血 脉

——致母亲

我的身影属于一株北方的麦子或者玉米。
我小声的歌唱,属于一只流浪异乡的小虫子或者鸟儿。
我干净的梦,只能属于一小片照耀他乡的月光。

哦,在今日,我倔强的性格,静静流淌的血液,
以及血液里的钙和铜,都属于一个温暖的子宫,
都属于一个,
瘦弱的小个子母亲。

旧 夜

父亲献出鼾声。
母亲献出柔软的梦。
冬夜,献出一场悄然行进的大雪。
安静的木炭献出金属的火焰。
天地献出辽阔的静美。

这么多年了,我体内依然有温暖的暗红的火,
哔剥作响。

核　桃

一

头颅小小。

小小的坚硬的颅骨内，装着什么？一路相伴走来的阳光？雨露？敛下翅膀飞倦的风？枝头上曾经挂在耳边的一粒粒鸟鸣？

还是一个农人黝黑的面庞，粗糙的十指？

二

无语，静默。

这一颗颗沉思的头颅！

这个世界如此喧嚣、嘈杂，而一颗颗核桃，静默如斯，用坚硬的外壳抱紧只属于它的一小滴宁静。

三

做一颗核桃！

在嚣嚣尘世里，要禁得起那枚叫作生活的锤子的敲打。

要咬紧牙关，在生命的砧板上，在受到敲打时，要像一块铁那样，释放出自己的尖叫，要让思想的核，绽放出炽热的火花。

莲　子

要走多远的路，才能从泥泞走入一方晴空？

在一朵莲中打坐，由青涩到洁净的白，是生命析出的一颗舍利，一场又一场的风雨都无法焚化。

悟风。悟雨。

翻阅天空，翻阅大地，也翻阅时光里镌刻的无尽的苦难——

那生命里最长的经卷！

只是，心里仍有一丝的苦

无法参透。

苦杏核

守口如瓶:用坚硬的壳守住一腔的苦和涩。

在乡下,我见过太多心怀苦涩的父兄和姐妹。凄风苦雨中,他们咬紧牙关,努力想拔除那钉入骨头的苦和痛。

沉默如钟,抱紧喑哑的声音。
苦难如鞭,驱不散繁茂的人群。
一次又一次滚石上山的西绪福斯,看到自己的身影遍布大地。

苦杏核:如果你不开口,那满腹的苦,
你要说给谁听?!

阿月浑子

阿月浑子——

我轻声叫你,仿佛有一个异域女子正遥遥地回过头来。

恬静地笑着。

笑容里有干净的铁质,健康而阳光。

皮肤雪白,是从凄风冷雨里出浴的女子,又仿佛是凄风冷雨焚出的一粒粒舍利。那些高贵的磷,是骨头里深藏的灯盏。

钾、钠、钙,身体里的金属,多像是行囊里裹紧的盘缠呵。

前路迢迢,相对你而言,我只是一个咬紧牙关,低头赶路的沉默旅人。

开心果——

叫出你的另一个名字,便有阳光和笑声洒落。

梨 子

我要叫它：兄弟。

在那根叫作乡下的枝头上，同一片冷风吹拂过我们。
我感知过一滴雨水的凉，它也同样感受过。

我要叫它兄弟，它果核里藏起的那丝酸涩，也同样藏在我内心的深处。

我要叫它兄弟。
身份卑微，我们都有着黄色的皮肤。
在尘世里穿行，我们都坚持保有自己黄皮肤下
那雪白的干净的肉身。

新开张的小服装店

15平方米,狭窄的生活。

他得学会,在50双低档袜子、60条中档裤子、80件高档上衣之间,闪、展、腾、挪。

他得学会,为一个真实的文胸,找到虚假的乳房。

他得学会,让一件纯棉的内衣,柔软一个又冷又硬的胸腔。

他还得学会,剪去那些多余的线头,然后用高温熨斗,让一个又一个的褶皱,

和生活一样,

慢慢平整下来。

麦子妹妹

最优秀的植物。麦子妹妹,在乡下,朴素地成长。

打开露水的窗子,

从一个最纯净的词语出发,带着农人的祝福词,带着绿色的梦,走进温厚的泥土。

麦子妹妹,你可以感觉到大地灼热的心跳吗?

在你不经意地回首间,你能否看到农人鬓角的汗水和白发?

你是否又能读懂农人眼底深藏的泪水以及他深深弯向大地的腰身?!

亮出生命那抹

绝艳的绿!

大雪如歌。麦子妹妹,在白色的寒冷中,你迈出了你绿色的脚步。轻轻地,没有惊醒,那个刚把腰身放平的农人。

在温和的大地上,我就是那个最笨拙的农人呀。正一点点,努力地为你除去那些,强盗般打劫的杂草!

哭泣的麦子

细节:一株倒伏在雨中的麦子,是谁的一个小小的弃儿?
冰冷的雨中,谁能扶起那株倒在地上的麦子?
谁能扶起它被雨水擦亮的忧伤?!

(农人已经走远,去了远方那个钢筋水泥的城市,去了那个不生长麦子,只生长妖艳霓虹和塑料玫瑰的城市。

他正用叩响过大地的十指小心地叩响城市的门扉……)

"汗水最贱是现在的社会行情!"
我那个写诗的朋友已两手空空地去了南方。麦子呵,你能否在那条满布假农药化肥,满布强盗般的杂草和凄风冷雨的田畴上挺直腰身?

一株麦子在冰冷的雨中哭泣。
一粒粒干瘪的麦粒便是它小小的泪滴吗?
谁能扶起它缺钙的、瘦弱的腰身?
谁能把它小小的哭声放进我的诗歌日渐喑哑的声带部位?!
一株倒在地上的麦子,是谁……跪向大地的身影?!

　　养我性命的、母性的麦子呵，如果可以，我愿意取出身体内的钙和铜，我也可以取出血液的温度，

　　放进你冰冷的身体，好吗？

做一株麦子

做一株麦子,幸福地挺直腰身。

在温和的大地上,面对冰冷的风雨,面对劳作的农人,要学会该对谁昂首,

该对谁低头!

做一株麦子,站在温和的大地上,和另外的那些麦子,用绿色的叶子握手,用清香的花粉交谈。

做一株麦子,在阳光中,向天空亮出自己小小的、绿色的誓言。

做一株麦子,清风为袖,露珠为眼。

做一株醒着的麦子,在积雪下,叫醒最早的春天!

做一株扬花的麦子,在阳光中灌浆,让颂词乳汁般饱满,让麦穗般的诗歌向大地

低下头颅!

做一株麦子,即使无法躲过那些偷袭的冷雨,也要在风中努力去

挺直脊梁!

做一株麦子——

如果不能,

就让我做那束闪亮的麦芒吧。
用我小小的锋芒,守护着那些
梦想的谷粒!

梨花把故乡的夜色映浅

柔软的风在四月的枝头跳跃,叫醒一朵又一朵的梨花。比月光更轻,它们轻轻摇动。

多么美!这些内心明亮的白色鸟群,它们一次次完成了虚拟的飞翔。

四月的夜晚,手拉着手的梨花,推开身边的黑,把故乡的夜色映浅。

梨花啊,你把自己开得再白一些,你就无限接近了母亲头上一点点加深的白霜。

今夜,大地洁白,故乡是最小的那朵梨花。它用小小的芳香,抱紧我沉睡中的亲人。

风轻轻吹过。从梦中醒来的父亲,心事像梨花那样被风吹动。然后,他像梨花那样,咬紧牙关,不动声色地守住——

内心那洁白的、幸福的战栗!

秋夜听箫

静夜。新月。

谁在月下吹箫。

在更深的静寂中,有多少人孤独地醒着?

真切而缥缈的箫声是另一种月光。

这月光般的箫声会取走你体内的一切,让你干净地融化为一缕透明的月光。

一片树叶安静地落下,没有惊醒树枝上那只梦想着飞回春天的鸟。

月夜听箫,谁的灯一直亮到天明?

往事缥缈……

一遍遍重复记忆中的失落和忧伤,一袭黑衣的吹箫人,站在自己的感动里,把这个秋天正一点点地加深。

低　语

甲 亢

碘：53号元素，易升华，是人体必需的微量元素之一，具有参与人体内信息传递的作用，健康成人体内的碘的总量为30毫克。

它安静，驯服，潜伏于我血液的河流，胸骨的栅栏。它让幸福与甜在我体内游走，沉淀。而现在，它在我体内布下浓稠的云雾。

信使般，它把力量安置于我们骨骼的回廊，它从我们的大脑中枢搬来幸福与快乐，但也把伤痛从伤口搬至一个人的内心……

我身体的幽深宫殿里，它悄然发动暴动，图穷匕见……

它把气力从我的体内抽走。

它还我以乏力，心慌……

此时，在这个万木葱茏的初夏，我只是一件小于30毫克的行囊或一小块破旧的山河。

疼　痛

它有着金属的质地,明亮而尖锐。

像弥漫的雾气,它有时又具有潮湿与缥缈的品性。

在一个人的体内,它密谋,低语,躁动不安。

步步紧逼,它把多少人逼下身体的悬崖。

夜色咬紧牙关。

一个人紧绷的胸膛里

露出泄密的呻吟。

胸　片

最明亮的，是钙质的部分。

黑色的背景下，我想找出我脊椎与肋骨里，那些坚硬的铜和铁。多年相伴，它们让我的脊柱如此笔直，像那株在一场场风雨中永远也不会倒伏的麦子。

我还想找出骨骼中的磷——

那些暗藏于我身体内的灯盏，它们的光芒，纯洁而高贵。

多年以后，它们还将用小小的光，把我与尘埃区分开来！

那些肋骨，依然守住我生命最初的白。

它们美如花瓣，鸟巢般呵护着我那颗依然小鸟般歌唱着的心。

孤　独

孤独高悬。

一滴沁凉的雨滴，压低了这个高原的春天。

花朵是孤独的，花香走远，它们只属于天空垂落的流水。

五月，在西宁，那阵风轻易就拿走了一个人薄薄的温暖，它却无法拿走他深藏起的一丁点孤独。

四壁苍白的病房，孤独是透明的，它有着细碎的脚步。

沿着输液器，它在一个人体内安静地散步。

窗外，雨滴斜斜飘下，哦，孤独也有着优美的弧度。

大地有着繁茂的孤独，谁来安抚？

十五楼病房

视野辽阔,得以看到茂盛的人间烟火。
一帘烟雨垂挂,遮住天空中隐秘的门。
灯光璀璨,把夜色推向远处。
即使它们再缤纷一些,也不能像一块明亮的橡皮那样,擦去一个人内心深处的冷与黑,酸与痛。

十五楼,它于一个在窗前徘徊的人而言,只是悬崖。
十五楼,窗外的那盆花正把春天一点点抬高,然后,送至那人面前。

心脏彩超

可以看到奔流不息的血液,可以看到血液扬起的波涛;可以看到它深藏起的温度,可以看到血液里鲜艳的红。

可以看到或急或缓的心跳,可又怎么能看到心跳里的喜悦与忧伤,不安与从容。

可以看到心的轮廓,这是一个人的疆域。它沉淀下风雨,也容纳下晴空。

哦,这让我欣慰——

三十多年了,它依然"居中,无质变",依然臣服于我的良知。

它从不曾褪色,依然鲜红,它跳动如昔,像上帝安置于我体内的时钟。

心跳过速

斑斓的豹子跃过大地。
谁体内的山河正被春天重置?

春天的脚步约等于那只豹子的脚步。
美丽都有匆促的脚步,
玻璃般短暂而恒久,脆弱而坚韧。

圆明园·养雀笼

  那些养尊处优的鸟儿歌声柔软,啁啾呜啭,回荡在一个王朝溃烂的咽喉部位。
  仪态万方,它们都有着雍容的步履。
  蹁跹于华贵的天空,它们都不属于民间。
  宫闱幽深,哪一只鸟雀在我耳边打开了胸中的喟叹。

  鸟雀散尽。
  羽翅已零落为冰冷的石头。
  在石头上坐下,谁依稀听到滴落的冰凉的鸟鸣,谁就能抚摸到一个王朝还未消散的隐隐的痛。

圆明园·万花阵

奔跑其间的莲花灯已然熄灭。
谁仍在里面徘徊不定,找不到出口。
月光不语,它目睹了多少世间的迷局啊。
万花流转,花香飘移。
谁被虚幻的春天困住?

曲折回环,锁住一个王朝的迷思。

圆明园·那只低飞的乌鸦

是废墟上飞起的一粒灰烬,还是一百多年前剪下的一小块黑夜?

沉默的黑巫师,怀抱咒语。

像怀抱着火星的一块黑木炭。

一袭黑衣,是晴朗天空里唯一的一朵乌云。

它低飞,徘徊,胸中是否有一方破碎的河山。

它孤傲,孤独,是自己的王。

像一粒把自己从大海里析出的盐那样,那只低飞的乌鸦,它用沉默,把自己从喧嚣的天空上析出。

是的,在晴朗的天空里,那只乌鸦,就是唯一的一朵乌云。

圆明园·草不知痛

石头的伤口上,草色青青。
他们招展、摇曳,衣着光鲜,步履从容。
他们早已丢掉了关于那场大火的记忆,他们
不知道石头的痛。

笑语喧哗,他们的脚步轻捷、腰肢柔软,轻易就绕过了石头的沉默。他们只属于内心那一片辽阔的春光。
唇红齿白,花朵们有着细碎的牙齿,整齐的合唱。他们的歌声热烈而明亮,没有一丝石头的晦暗和哀伤。
风和日丽,歌舞升平,青草们
不知道石头的痛。

圆明园·火，依然在烧

像岩熔，低语着。
一百多年了，那场火依然在烧。
石头咬紧牙关。

参差林立的乱石，是累累的白骨，
抑或是一粒粒在强盗燃起的大火里无法焚化的舍利？

火，依然在烧。
草色青青，是从那场大火不曾熄灭的灰烬下射出的绿色火焰吗？
废墟上的花朵，还能否说出一百多年前最初那粒丑陋的火种、仓皇出逃的背影，以及倾斜的天空？
七月的京城，风燥热的胸膛里，有火在烧。

火，依然在烧。
人流如织，那些没有把自己用火苗擦亮的人，他们只是一粒粒黯淡的灰烬。

倾 诉

——致屈原

如果我和先生之间,没有隔着 2300 年的距离,我一定是您的弟子或者朋友,执艾草,歌离骚,用热血里滚烫的温度,努力去搭救那个,陷入冰冷的王朝。

如果没有隔着 2300 年的距离,在您纵身汨罗江的那个早晨,纵使我没有抓住先生决绝的衣袖,我也一定会拼尽全力,去扶住
因您投身其中而变得倾斜的
江水和天空。

而现在,在江边,我最多也就是一株
悲伤的芦苇。从汨罗江繁茂的鱼群中,用苇叶的手指,一遍遍,试图指出
先生瘦弱的背影。

风依然在吹

已经吹拂了亿万年。

吹拂过无边的花香,吹拂过瘦弱的麦浪,吹拂过接天的衰草,也一次次吹拂过那枚老夕阳。

吹白云为苍狗。

吹一场大雪为过隙的白驹。

吹咫尺的归途,也吹迢遥的天涯路。

"大风起兮云飞扬。"

吹小人如尘,吹英雄如碑。

吹逝水东去,吹落日向西。

风依然在吹。

吹日子如纷坠的黄叶。

风依然在吹。

还将无尽地吹拂这新鲜而破旧的人间。

纸上风景

梅山：缓慢

在梅山，我们像是退回到了时光银质的背面，恬静，悠然。

万物的步履都如此缓慢。

干净的溪水脚步轻缓，环佩叮咚，她把好听的足音萦绕在满山翠竹的耳边。

野花脚步缓慢，在九月，它们抱紧寂寞的红和芳香。

那个荷锄的农人，脚步和回家的夕阳多么相像，缓慢，从容。

一群蝴蝶，是一群身着华服的绅士，在天空优雅地散步。

丝质的微风走走停停，像那个细心的诗人，正把梅山一寸一寸地爱过。

宁静·梅山之夜

万物入梦,近于虚无。

一场雨,轻手轻脚,没有吵醒那些沉睡的草木。

无边的宁静正斟入露珠的杯盏……

秋虫把自己的歌声一低再低,像呓语滑出梦境。

竹篙睡去,一只竹筏安静地泊在湖心。

清风娴静,几盏红色的灯笼守住谁的梦,它们给梅山的宁静,镶上了温暖的金边。

梅山：风雨桥

风来过，雨来过。

只是休憩一下，便已走远。

一群诗人，是真性情的风，是怀抱着闪电的雨滴。

风雨桥上，一只只空酒瓶歪斜着，夜色也有了醉意。

一支不成曲调的歌，嘶吼着，捧出那群诗人胸中的雷霆。

曲终人散，远了，远了……

只有风雨桥还留在原处，像那个夜晚之后，最后一个动了情的不肯离去的观众。

我终将回到低处的生活

一万两千米,天空蔚蓝,阳光纯净。

一万两千米,高度比梦想略低。

阳光给一切镶上金边:机翼,舷窗,甚至一个二十分钟的梦。

天际线辽远,有着诱惑的弧度。

浮云干净从容,区别于匆匆飞行的人群。

多么美!

这高处的生活,在两个小时里,可以逃离那些深陷其中的尘埃、阴影。

飞机已在下降,哦,我终将回到低处的生活。

蔚　蓝

和天空互相成为对方的背影。

中间,是蔚蓝色的鱼群和鸥鸟。

白云翻卷着白色的泡沫。

蔚蓝色的风,一遍遍翻阅着鸥鸟蔚蓝色的歌声。

蔚蓝加上蔚蓝,是更深的蔚蓝。

蔚蓝减去蔚蓝,是更纯粹的蔚蓝。

那个在蔚蓝里写诗的人,他让诗歌长出

　　　蔚蓝色的牙齿和歌喉。

月光下的大海

  它低吟、浅唱,寻找着月光的耳朵。
  银色的鱼群飞翔,是另一种的月光。
  白帆垂落,静谧的海港中,梦一点点涨潮。

  年轻的水手裸着,这古铜的小小男子汉,月光般裸着,
是满含渴意的海,也是
  一小片铜质的月光。
  月光轻柔。
  大海把自己摇成一小片,蓝色的羽毛。

大海边的女儿

三岁的女儿,从高原到大海,像寻根溯源的一滴晶莹的小水珠。在大海的怀抱里,和大海一样,她有干净的歌声,也有任性的小脾气。

眼神纯净,是两湾小小的海。

她歌唱,舞蹈,是一小朵赤着脚的浪花。

她是我的小女儿,也是大海的。

她清澈,美丽,小小的心灵里,是生命最初的净,没有一丝的泥沙!

大海是一滴蓝墨水

它容纳下辽阔的光亮,那些闪电照亮的,也终将被它照亮。

它安静如一滴露珠,怀抱鸥鸟的歌声和飞翔的鱼群。

也怀抱着星星的蓓蕾,散步的月光,和清新的晨曦。

帆影点点,在它蓝色的怀抱里,桨声和橹影

掩埋了多少浪迹之路。

它喧嚣,沸腾,在多少人体内回旋着无尽的潮汐。

它平静,从容,像一滴蓝色的墨水,怀抱着蓝色的诗行和闪电。

九寨沟：干净的海子，那一颗颗佛珠

是天空落下的星群？

一颗颗星星的钻石，它们带来天堂的璀璨和辽阔的宁静。

是含情的眼眸？

情人的眼波般流动，明媚而多情。

是一颗颗的水晶？

如此干净，怀抱着七彩的虹。

是一颗颗饱满的露珠？

在这片叫作九寨的叶子上滚动，擦亮了花朵的眼睛，和鸟儿的歌声。

那些腰肢柔软的婀娜的芦苇，临水照镜，在美的面前，他们忍住内心巨大的幸福，默不作声。

在九寨，那些散落的海子，多像美挽住了美，纯净紧靠着纯净。

一座座的雪山，是那个红衣僧人一再拨亮的佛灯。

那一个个海子呀，多像一颗颗的佛珠，它们挂在谁的胸前，被谁一遍遍轻柔地捻动。

合作[①]：从夜色写起

星辰清澈，是露珠沁凉的姐妹。
花香清澈，是月光缥缈的影子。

吹过的微风多像甘南草原一次轻柔的呼吸，她让合作——甘南草原的肺部因此而鸟语花香。
一个异乡人的身边，马兰花与格桑花微凉的歌声正被微风一点点擦亮。

合作：夜色里，一滴摇曳在甘南草原草叶上的露珠。
她是沁凉的，她收藏起一个诗人灼热的诗行，她让一个如刚出炉的铁器般的异乡人慢慢趋向宁静。

街灯安详，缓步而行的扎西与卓玛身影安详。如果他们一直走到郊外的草原上，他们会不会被柔软的风摇曳成两棵幸福的小草？

一只鸟儿一遍遍重复着自己的歌声，这多像甘南草原的美丽与幸福，正被它
一遍遍复述。

[①] 合作：甘肃甘南州州政府所在地，位于甘南草原北部。

甘南,我的诗人朋友们

要写到甘南草原,也要写到甘南草原上一棵瘦弱的小草,以及她激荡起的无边的绿。

要写到甘南草原上胸怀坦荡的风,也要写到被风打开的辽阔和苍茫。

要写到甘南草原上的夜空,也要写到那些天堂里干净的灯盏。

要写到甘南草原上的马兰、格桑,也要写到她们整齐的合唱。

要写到甘南草原,就要写到我的诗人朋友们:王小忠、花盛、扎西才让、王力、拉木栋智……

这些甘南草原的子民,他们的小名叫作苏鲁梅朵、藏金莲,叫作雪豹或者雄鹰,他们用花香和弥漫的暴风雪擦亮诗歌,他们用诗歌的歌喉,代替了自己全部的歌唱……

宁　静

万物入梦。

雨滴的蹄音掠过沉睡的草原。

草丛里隐伏下芳香的闪电。

马兰花把自己的歌声一低再低。

夜色里,一株小草守住自己幸福的战栗。

万物入梦。

无边的宁静斟入露珠的杯盏……

扎西与卓玛低声的交谈多像草原上一朵花与另一朵花的耳语呀。

蹑手蹑脚的风正用花香
　　　　　置换出一个异乡人胸中的孤独与寂寞。

小　城

她是小草的，
也是马兰花的。
她是澄澈的阳光的，
也是积雨的云朵的。
她是扎西与卓玛的，
也是一个路过的异乡人的。

她属于花香，
也属于鸟鸣。
她属于翠绿，
也属于宁静。

在六月，谁听到
一朵格桑细小的、微凉的嗓音， 她就是谁的。

草　原

　　六月，在甘南，
万物都有清脆的歌喉。
马兰花歌唱的，也是青草与云雀歌唱的。
　　在草丛里坐下的扎西与卓玛，是两朵依偎着穿越尘世
的格桑花。

　　远处的那两只牦牛，一只纯白，一只纯黑。
它们的鼻息，宁静而安详，安抚了我诗歌中
喧嚣的白天与黑夜。

在岗日尕布酒吧

风是轻的,雨是轻的,
这个下午的时光
是轻的。

音乐是轻的,隔壁情人的耳语是轻的,
心跳是轻的,谈话是轻的,
几杯滚烫的水中
茶的香与苦也是轻的。

在此刻,
这个浑浊的尘世,毫无疑问
也是轻的。

我写到的那只蜜蜂

这午后片刻的宁静和一小片阳光
是我的,
而更大的宁静与阳光是你的。

我身边的这朵马兰和她的歌声是我的,
而这辽阔的草原和她们整齐的合唱是你的。

透明羽翅上的天堂和它无边的蔚蓝是你的,
而这浑浊的尘世,是我的……

六月,在甘南,那只黄金的骑士,它为草原献上
蜂刺里大剂量的热爱和满腔的甜蜜。

六月,在甘南,一只蜜蜂,它轻易就打开了一个诗人
诗歌中虚掩的门。

丹江口水库·一滴水

若是一滴水,一定是最大最饱满的那一滴!
怀抱鲜花与鸟鸣,桨声与帆影,
怀抱无边的稻香与麦浪,
怀抱一条江的咆哮与一滴水的宁静,
怀抱滚滚的洪流与雷霆。
四百平方公里,一滴水,它还怀抱着放慢了脚步的白云与飞翔的鱼群,
它还怀抱着"南水北调"的渴意和按捺不住的透明的脚步。

在丹江口水库,一滴水的歌声就是一条江的歌声,
一条江的抒情就是一滴水的抒情!

太极峡·一只蝴蝶

在太极峡,花朵绚烂

而你是最灵动的那一朵。

小小的身体内,盛放着整座峡谷的香。

你不动,花香隐伏。

你起飞,整座峡谷便暗香浮动。

翩然如花。那只蝴蝶

有十万花朵的情人,

有百万亩芳香的国土,

而若非我们的到来,它还拥有千万顷的安详与宁静。

丹江口·以热爱命名

　　短短三天，我不敢轻易说我已爱上了你。

　　我不敢说我已爱上汉江边的那座小城，我不敢像汉江那样，说出自己粗粝而浑浊的、泥沙俱下的爱。

　　我不敢说我已爱上小城里一个女孩干净的美和她歌声里的寂寞。

　　我不敢说我已爱上丹江口水库里飞翔的鱼群和浪花里飞溅出的渔歌。

　　我不敢说我已爱上太极峡，爱上她怀抱里山林的恬静和溪水的清澈。

　　我不敢说我已爱上武当山，爱上她满山的翠绿与鸟鸣，爱上那些野花缓慢的脚步，以及她们寂寞的红。

　　哦，我的爱多么肤浅，丹江口，我不敢轻易说出我的热爱，我只会以一个诗人的名义，把我的一首又一首相关你的诗歌用热爱命名。

镜 像

纸灰之冷

身份已然模糊：

一首诗歌的草稿？一封炽热的情书？一张充满苦味的中药方？

或是一张无辜的、洁身自爱的白纸？

灰烬的黑蝴蝶，比夜色更冷。

已慢慢变凉：无法被回放的真相，炽热的唇和玫瑰，那苦味的中药。

谁也不能从灰烬中取回：承诺、誓言，或浓或淡的墨迹，还有

那些白纸上曾经的风景。

一页纸纵身大火。

（一只投火的飞蛾！）

灰烬沉默。

而那个沉默的诗人，他只想从灰烬里取回那首诗歌中，词语的白骨！

一粒沙

一粒沙的内心有一个青草的梦。

一粒沙的眼里,草原倾斜。

一粒沙是温柔的,它轻易被一滴柔软的雨水安抚。

一粒沙是狂暴的,它被一阵风蛊惑,把天空打翻。

一粒居无定所的沙,它一次次被命运的北风搬动。

它处在一场风暴的中心,那撕裂天空的风,就是它胸中炸开的呼号!

一粒细细的沙,一个最小的肿块,它狠狠地把天空硌疼。

沙尘暴:一粒沙引领漫天愤怒的沙砾跳火焰之舞,无法熄灭。

那只把草根从地下扯出吃下的羊闭上眼睛。

它的恐惧,就是谁的恐惧?

一棵树

我写到的那棵树:

它有鲜花的头饰,清风的披肩。它有露珠的项链,鸟鸣的耳环。

我写到的那棵树,它在春天跌倒。

还没来得及喊痛,它绿色的梦

便被一把斧子惊醒。

一根春天的肋骨被抽走!

(而更多春天的肋骨正被抽走)

那棵树咬紧牙关,面对着疼痛的闪电。

伤口呈现:

年轮旋转的切面,依然旋荡着绿色的风。

第一圈至第一百圈,岁月在悄然流转。

斧子落下,飞溅起时间疼痛的涛声。

那棵树烈士般在春天倒下。

它再也无法捧住一粒粒青色的鸟鸣,它再也无法像挽住一匹受惊的马匹般,挽住狂奔的风。

那棵树已经倒下。

在这个春天之外,我们应该,代替那棵树

喊出它的疼痛!

琥　珀

怎样的泪水——
可以历经亿万斯年,成为风景?
温凉如玉。
可它有过怎样炽热的前尘?
追逐岁月的涛声,一些故事的情节在大水的浣洗中只留下一滴泪水,所有情节,都随风而逝……

握住那缕温凉,握住生命的那份沧桑,在心头。
嚣嚣红尘,须平静而淡泊地走。

淘金人

一粒沙子到金子有多远的距离?

逐水而居。谁用温柔的水洗去血液及泪水中的泥沙?

从未停止歌唱的河流啊,是谁生命中打开的歌喉?

流水带走一切,留下梦和歌声。

谁用汗水——

正在擦亮身体内暗藏的灯盏?

一颗汗水就是一朵晶莹的花。

打开身体内的花朵。谁用芳香的汗水正把一粒沙子擦拭出金子的光芒?

木匠铺

咬紧牙关。

一棵躺倒的树,平静地面对疼痛的闪电!

刨花飞扬。

谁打开一棵树体内的花朵,谁拿走它干净的芳香?

剖开的木纹,旋荡着绿色的风。

面对那些立柜、书桌,谁能取回一粒粒清脆的鸟鸣?

面对一个个书橱,谁总在试图用一本本苍白的书代替一整座森林中的花朵?

垒积木的孩子呀,你用小小的快乐,省略了谁的疼痛与忧伤?

面对那把叫作苦难的斧子,做一棵沉默的树吧。

在砍斫中咬紧牙关,让生命露出棱角,露出它最坚硬的部分!

让体内的花朵,一朵朵涌出……

铁器铺

锈蚀的生活,谁还一个词语以清白?

用一把锤子,谁把沉睡的铁叫醒?

缄默的砧板上,谁在锻打铁质的生命?

铁花绽放。那是生命铁质的、永不凋落的花朵呀!

斧、锚、钉子……是谁生命中另一种形式的花朵?

生活中,我们是一群渐渐锈蚀的铁器吗?

谁会把光芒与锐利,重新还给我们?!

刚出炉的,言辞激烈的铁器呀,总在一盆生活的冷水中,让我们学会藏好锋芒,

由灼热,慢慢趋向冷静。

白纸上的雪

跫跫之音,飘落于雪白的纸上。
光芒闪烁。
谁白色的叩问,让一张干净的纸的内心
变得更为明亮?
一场再大的暴风雪,比一张安静的纸都要脆薄!

一片一片醒着的雪,是你的眼神:纯净,热烈。
那个黑眼睛的写诗的孩子呀!
你在雪白的纸上写下:
寂寞的雪。
　　(大雪降落。白色的雪,总在试图改变黑夜的颜色。)

"大雪使人羞愧!"
做一张干净的纸吧!

诗人说:让那些干净的雪
　　　一直下到
　　　　　我们身体的内部!

白蝴蝶

温柔之蝶。冷艳之蝶。

恬静的白蝴蝶,掠过沉默的河床和那些失眠的水草,之后失陷于一场

　　虚构的春天!

天空喑哑。
暗夜中逃逸而出的蝶,月光的碎片,
一碰就碎的水质的月光!
那朵满怀柔情的花儿呢?
忧郁之蝶,在寻觅……
谁在拨动忧郁的琴弦?那些易碎的音符
在漂泊。

白蝴蝶。谁的梦之羽翼?
在春天到来之前,谁用它透明的舞蹈,代替了自己全部的歌唱?

被梅花重新叫醒的火

大雪沉默,是今夜熄灭了的火。

生命的隐语,暗香浮动——
谁灼热的唇,在低语。

汹涌的夜色,覆水难收。
片片燃烧的雪,已熄灭成萧萧逝水中
  细碎的钟声。
星光熄灭。梦收割了一切。
一片雪:提着裙角的舞者,舞成我眼底一颗冰冷的泪。
谁的手指,铁质的箭镞般高举起火焰——
花朵的纯净的火焰:梅花!

梅花,一朵朵冰冷的风无法吹灭的火焰,渐次绽放在雪的
最为纯洁的部位!
花开的细节,被绽开的火焰点燃。
大雪的灰烬下,我是一朵被梅花,重新叫醒的火!

点亮雪中的灯盏

1

美丽的鸟群,用翅膀打凿一条通往春天的路。羽翼洁白,在寒夜里深陷的人群看到黎明的颜色。

在坎坷中漂泊。天空没有路,却没有谁能让一片雪放弃飞翔。

2

盛大的花期。有谁在浩大的花事中被花朵的光芒照亮?

所有以梦为马的人,在深深的夜色里把自己打开,让花朵开满身体,让生命和任意一朵水质的花朵一样,纯洁而晶莹。

(十二月,每片雪都是一朵芳香的花,它们让我看见提前抵达的春天。)

3

一片雪便是天空的一个小小的伤口吗?

最晶莹的泪水含在谁的眼中?

诗人说:切割钻石 / 最美的光芒 / 从伤口出发

(十二月,在一场雪的背后,我看见春天美丽的光芒,正一点点集合。)

4

点亮雪中的灯盏。

来自内心的光芒成为这个冬天我唯一可以取暖的火焰。

那群提着灯盏的孩子正一步步把我引向天空,引向黎明的高度!

5

点亮雪中的灯盏!

这是我由来已久的想法了。就像那群坚持在大海的蔚蓝上写字的人。

奥德修斯离开了,但他却给我留下了承载梦和灵魂的那只纸船。

我已决定了,我要像雪花那样活着和写诗,在漂泊中固守内心的火苗和宁静。但我决不会像雪花那样,总是在一丁点虚假的热情中,便会把自己丢失!

想象梨花在夜晚开放

一大片一大片的月光在夜晚开了。

这干净的月光,它要湿漉漉地开,湿漉漉地白!

我想借助春风的手指,为我指出:最先绽开的那朵!

它引领了春天巨大的美,它打开了春天汹涌的芬芳。

一小朵的火,为什么会有雪的冰凉?

这春天的巨大的美,在四月的枝头,冷冷地,无声无息地燃烧。

一个个夜晚,那些洁白的唇,要用多大的力气,才能叫醒身边沉睡的村庄?

如果没有人醒来,这干净的月光,就将白白地流淌!

而此刻,想象梨花在我面前雪白的稿纸上开放,我用尽全部的形容词,能否写出梨花十分之一的白,百分之一的香?

镜像：梨花·白马

白驹过隙。

它微凉的蹄音一朵朵绽放，又旋即飘零。

淡淡的香成为那匹白马薄薄的背影。

梨花梨花，白色的蹄音如水，从四月的枝头滴落。

谁在低低地叹息：

在生命短暂的花期中，如何才能像一朵梨花那样开放？又如何才能像一朵梨花那样，守住生命最初的白？！

一匹比雪还要白的白马从四月闪过。

一场白色的花事从四月撤退。

一场白色的风暴，在时光中具有瓷器的性质。

悄然开放，悄然凋落。

梨花已从春天里抽身而退——

"流水淙淙，我已用透骨的香，把自己和流水区分开来。"

逝 水

打开露珠之门，一滴柔弱的水
让噤声的花朵与陶罐
　　　顿生渴意。
水！水！面色凄惶的水呵。

水在奔跑。
（还是水在逃离？）
水的背后，是生病的浮萍、水草
和石头。

水是最好的诱饵，而我们
应是那群
　　　口渴的鱼吧。
汲水的人投身河水，他确信自己是河水中众多沙砾中的一粒。
一滴奔跑着的水便会为他指明方向！

嘲笑那个竹篮打水的人是愚蠢的。
怎样才能永远留住一滴柔弱而洁净的水呢？
水从我们指缝间漏去，一滴也未留下。

留下的,只有一粒粒的沙子。

那是一个个汲水人仍有余温的尸骨。

摘取水声。

左手白露,右手严霜。

一场雪,是另一匹过隙的白色马匹。

菊花们满面病容,它们在一滴水中一闪而过。

清水洗濯。菊花的芳香,健康地活在诗歌中间。

大水里出生,大水里歌唱,

最终,被一条命定的河水收藏,埋葬。

一群麦子默不作声,

另一群麦子也默不作声。

它们中间,漂浮着先人们的尸骨和白发。

逝水:永不回头。

沉没于往事里的晨钟暮鼓,已无法被打捞。

萧萧水寒,多少青春的白马车波涛般涌向了远方……

镜 像

1
轻拿。轻放。

具有此性质的,还有诗歌。
锐利的光芒藏在内部。
跌碎了,锋芒散落一地。

一张痛苦的脸,被一群细小的碎片
肢解。

2
静静地立着。
一面镜子的对面,是整个的世界。

面容沉静。
那面镜子依次说出:过客、泪水、花朵、黑暗、光明……

它从不曾说谎。
它的内心洁净!

3

青铜之镜。

蓝色锈蚀是时光的斑斑血迹。

一面铜镜,一直在试图挡住那些

溃散的时间。

4

顺着一面镜子指出的方向,我看到

文字中年轻的春天和年幼的诗人

苍老的脸。

5

钟声陷落。

一面小小的镜子就是一口深不可测的井。

谁在打捞沉没的钟声?

岁月的青藤就是那根已被遗忘的井绳。

6

黑夜是那面锈蚀的铜镜。

谁在集合起散落的星星,

谁在集合起白昼的光明?!

7
春天是花朵的镜子。
花朵沉默镜子便沉默。
花朵开口,镜子便说出珍藏的花园。

雪白的稿纸是诗歌的镜子。
它小心地收起词语中的灯盏。

8
失手打碎的时间,伤口
来自那面镜子身体内部。
我们如何忍住内心疼痛的呼喊?
如何捡拾起镜子背后那些散落的
时光的碎银?